Croc de cadeaux

Pendant que mes parents étaient sortis faire des courses, je décorais le sapin avec mon cousin Paul qui passait les vacances chez moi. Soudain, la tablette a vibré sur le canapé : brrr... brrr... Chouette, un appel de Vampirette ! Vampirette, c'est ma copine vampire, gentille et rigolote.

Quand elle est apparue sur l'écran, je ne m'attendais pas à la voir en larmes, à quelques jours de Noël ! Elle a sangloté :

– Emma, c'est horriiible… ma liste… mes parents…

Ma copine a alors déployé un rouleau de papier-cadeau citrouilles de plusieurs mètres de long, au dos duquel elle avait écrit sa longue liste de cadeaux pour Noël. Puis elle a gémi :

– Mes parents me disent qu'il y a bien croc de crapauds !

J'ai demandé à ma super copine qui confond toujours les mots :

– Tu veux dire : bien trop de cadeaux ?

Mort de rire, Paul s'est exclamé :

– Mais, Vampirette, si tu commandes tout ce qu'il y a dans le catalogue, il n'y aura plus de place pour les autres cadeaux dans le traîneau du Père Noël !

Ce n'était pas le moment de se moquer. Vampirette a pleurniché :

– Impossible de moisir, euh… de choisir ! Crotte de chauve-souris, Noël, c'est la fête des enfants ! Pourquoi on ne peut pas commander tous les cadeaux de ses rêves ?

Mimi, ma chauve-souris de compagnie que j'ai ramenée de ma première visite chez les vampires, a caressé l'écran du bout de son aile, pour consoler Vampirette. Mais ma copine s'est effondrée :

– Bouhhh… Noël sera pourriii !

Et l'écran de la tablette s'est éteint.

Je ne pouvais pas laisser ma vampire préférée si triste à l'approche de Noël! Je lui ai vite écrit :

Vampirette, on va t'aider.
Viens nous chercher!

J'avais à peine appuyé sur «envoi» qu'un cri de joie provenant de ma chambre m'a fait sursauter: «Hiii!» Un énorme VLOUM et plusieurs BADABOUM ont retenti. Vampirette était déjà arrivée! Paul et moi, on a filé là-haut.

En entrant dans ma chambre, j'ai senti une odeur de renfermé bien connue qui m'a chatouillé les narines. Et Vampirette a brusquement sorti la tête de mon placard, au milieu du gros bazar de vêtements et de jeux renversés. Elle a brandi sa liste en rouleau comme un trophée et a lancé :

— Merci de venir m'aider, les zombies... euh, les amis !

J'ai sauté au cou de ma super copine. J'étais tellement contente de la retrouver, avec son énergie et son beau sourire aux canines pointues. Elle m'a fait un bisou glacé puis elle s'est tournée vers Paul en lui demandant :

– Ça brume, Paul ?

Sans le faire exprès, elle lui a envoyé un coup de rouleau dans l'œil. Légèrement aveuglé, Paul a répliqué :

– Ça brume ? Euh... oui, ça boume !

Un peu trouillard mais très intéressé par la vie des vampires, mon cousin s'est écrié :

– Attendez-moi pour la téléportation, je vais chercher la tablette pour filmer !

Il a fait demi-tour, mais c'était trop tard ! Un souffle l'a aspiré dans le placard, dont la porte a claqué derrière nous. Les murs ont tremblé et le plafond s'est ouvert sur un ciel rouge et noir.

Vampirette nous a enveloppés dans sa cape, Paul d'un côté, moi de l'autre et Mimi blottie dans mes mains.

Je ferais tout pour aider ma meilleure copine. Mais je ne suis jamais très rassurée quand je vais chez les vampires. Là-bas, on ne sait pas ce qui nous attend : le meilleur comme... le pire !

Vampirette est désespérée : sa liste de cadeaux de Noël est trop longue, elle ne sait pas choisir ! Emma et Paul décident d'aider leur copine.

Bons frissons de fin d'année

Quelques secondes plus tard, nous avons atterri dans le drôle de placard en forme de cercueil de la chambre de Vampirette. À peine sortie, ma copine s'est précipitée vers son bureau, elle a attrapé une plume dans un pot en forme de crâne et elle a déroulé sa liste de cadeaux sur le sol poussiéreux. À plat ventre, elle a marmonné :

– 129 : le jeu des billets. 130 : un pyjama violet à paillettes...

Pas possible : elle rajoutait des cadeaux !

Je me suis baissée pour éviter l'étonnante toile d'araignée verte qui barrait la porte du placard. Paul s'est fait tout petit derrière moi pour ne pas toucher le fil, lui non plus. Vampirette a alors désigné une malle qui débordait de jeux et elle nous a lancé :

– J'en ai pour une petite éternité. En attendant, vous pouvez jongler… euh non, jouer !

Avec Paul, on s'est regardés, étonnés. On ne venait pas pour jouer, mais pour l'aider à supprimer des cadeaux de sa liste !

Soudain, Vampirette s'est écriée :

– Mille millions de morsures, j'avais promis d'aller acheter le sapin !

Ma copine a bondi pour effectuer un de ses fameux saltos. Mais en glissant sur sa liste, elle a été déséquilibrée et elle est partie de travers. Elle a tourbillonné au-dessus de nos têtes et s'est assommée contre la porte de sa chambre.

Affolée, je me suis précipitée vers elle. Vampirette avait l'air sonnée, mais elle a rigolé et s'est relevée. Paul m'a glissé :

– Après un choc pareil, on ne peut pas la laisser sortir seule. On l'accompagne !

Mon cousin était surtout curieux de visiter la ville vampire décorée pour Noël. Moi aussi ! Et cette sortie était l'occasion de discuter avec notre copine de sa liste, pour l'aider à sélectionner ses cadeaux préférés.

Avant de quitter le manoir de ses parents, Vampirette nous a fait tournoyer comme des toupies pour nous équiper d'une cape chaude et de fausses canines pointues, des accessoires indispensables pour ne pas être démasqués dans son monde de buveurs de sang !

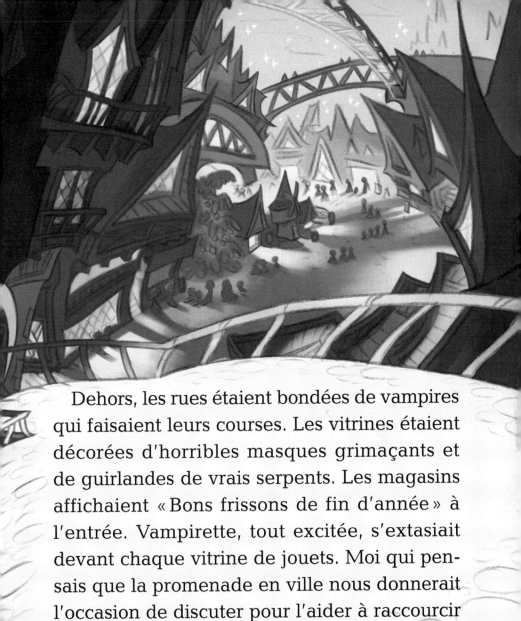

Dehors, les rues étaient bondées de vampires qui faisaient leurs courses. Les vitrines étaient décorées d'horribles masques grimaçants et de guirlandes de vrais serpents. Les magasins affichaient « Bons frissons de fin d'année » à l'entrée. Vampirette, tout excitée, s'extasiait devant chaque vitrine de jouets. Moi qui pensais que la promenade en ville nous donnerait l'occasion de discuter pour l'aider à raccourcir sa liste de cadeaux !

Soudain, Paul m'a tirée par le bras en s'écriant :

– Regarde, Emma ! On va voir ce que c'est ?

Mon cousin m'a montré une roulotte colorée, installée sur une petite place de l'autre côté de la rue, près d'un sapin orné de bougies. Sur la roulotte, un panneau annonçait : « Les Momies de Noël. »

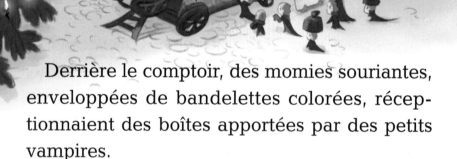

Derrière le comptoir, des momies souriantes, enveloppées de bandelettes colorées, réceptionnaient des boîtes apportées par des petits vampires.

J'allais prévenir Vampirette que nous allions voir la roulotte lorsque le cri strident de Mimi m'a tétanisée.

Emma et Paul accompagnent Vampirette pour acheter un sapin de Noël. Une drôle de roulotte attire leur attention : celle des Momies de Noël.

Momies et merveilles

Horreur ! Le petit train de Noël fonçait sur Paul qui traversait la rue sans regarder ! J'ai juste eu le temps d'attraper mon cousin par sa cape avant qu'il ne soit renversé par la locomotive, et je l'ai ramené sur le trottoir. Paul a soufflé de soulagement. Mais, dans la seconde qui a suivi, mon cousin a écarquillé les yeux et, l'air terrifié, il a bégayé :

– Oh non ! Pas… pas… pas eux !

Dans un des wagons du train de Noël qui défilaient sous nos yeux, je venais, moi aussi, d'apercevoir les horribles triplés! Ces petits vampires enragés nous avaient déjà attaqués lors d'une précédente visite chez Vampirette!

Au moment où leur wagon est passé devant nous, un coup de vent a soulevé nos capes et les triplés nous ont reconnus.

En se souvenant qu'on était des humains, l'un des triplés s'est léché les babines, l'air assoiffé de sang, le deuxième a montré ses longues canines pointues et le troisième a réussi à attraper un bout de la cape de Paul!

Mon cousin a hurlé :

– Emma ! Au secours !

Paniquée, j'ai appelé Vampirette à l'aide. Mais ma copine, captivée par une vitrine, n'avait pas vu que nous étions en danger. Heureusement, Mimi ma chauve-souris est venue à la rescousse. Elle a attaqué la main du petit vampire avec ses pattes griffues et le monstre a fini par lâcher mon cousin. Ouf !

Paul est retombé sur le trottoir, et le petit train a continué son chemin, éloignant de nous les affreux triplés qui ricanaient devant nos têtes terrifiées. À ce moment-là, Vampirette nous a appelés :

— Je vous cherchais partout, mes petits poux ! Vite, aux sapins !

Après cette grosse frayeur, Paul et moi étions pressés de rentrer chez Vampirette. Et pour résoudre le problème de sa liste de Noël, on devait l'éloigner des magasins. Alors oui, il fallait trouver le sapin et hop, filer au manoir !

En suivant notre copine, nous sommes passés devant la roulotte des Momies de Noël. J'ai lu l'affiche, par curiosité :

Une boîte à sourires pour un vieux vampire !
Dépose un dessin affreux, un flacon de sang frais ou ce que tu veux de bien hideux dans une boîte décorée, et apporte-la à la roulotte !
Signé : L'équipe des Momies de Noël

Ça m'a donné une idée que j'ai aussitôt expliquée à Paul :

– Et si ça aidait Vampirette à penser à autre chose qu'à ses cadeaux ?

chapitre 4

Après avoir échappé aux triplés, Emma et Paul lisent l'affiche des Momies de Noël. Cela donne une idée à Emma pour aider Vampirette…

Vipère, cette boîte!

Nous avons rejoint Vampirette devant le stand des sapins, à côté de la roulotte. J'ai foncé vers elle et je lui ai expliqué:

– Les Momies de Noël collectent des boîtes à sourires pour les offrir à des vieux vampires qui n'ont pas de cadeaux à Noël. Ce serait gentil d'en faire une, nous aussi, tu ne trouves pas?

Le nez dans sa bourse en velours rouge, Vampirette a éclaté de rire :

– Mais, tous les vampires ont des cadeaux, à Noël !

Puis elle s'est tournée vers le vieux vampire vendeur de sapins et elle lui a demandé :

– Monsieur, vous qui êtes très creux... euh très vieux, vous avez des cadeaux à Noël, pas frais ? Je veux dire... pas vrai ?

Le vieux vampire a soupiré :

– Des cadeaux ? Non, plus à mon âge, et c'est bien dommage !

Et il a disparu derrière les sapins.

Sur le chemin du retour, Vampirette était si tracassée qu'elle ne voyait pas les dégâts qu'elle causait sur son passage avec le sapin posé sur son épaule. Elle a bougonné :

– Pas de cadeau à son âge, la rage ! Emma, c'était quoi ton idée de boîte à soupirs… euh, à sourires ?

J'étais soulagée qu'elle s'intéresse à mon projet. Avec Paul, on a promis à Vampirette de l'aider à remplir une boîte de surprises bien affreuses, comme les aiment les vampires, pour l'apporter aux Momies de Noël qui se chargeraient de l'emballage et de la distribution.

Une fois rentrés au manoir, nous avons trouvé un bocal vide de Sang Pétillant 100 % naturel et j'ai aidé ma copine à choisir, dans sa malle, un jeu qui pourrait plaire à un vieux vampire et qui serait assez petit pour tenir dans le bocal. On a rassemblé les mini-os d'un casse-tête. C'était parfait! Vampirette a ajouté une statue de loup-garou en plâtre qu'elle avait fabriquée elle-même, et une poignée de bonbons au sang caramélisé.

Pour finir, Mimi nous a donné l'idée d'emballer nous-mêmes le bocal, en nous apportant entre ses petites dents le rouleau de papier-cadeau citrouilles qui servait de liste à Vampirette.

Aucun de nous trois n'était doué pour l'emballage mais en s'y mettant ensemble, on s'est bien débrouillés.

On a découpé proprement un morceau de papier. On a enveloppé le bocal avec soin et on a scotché aux bons endroits. Puis Vampirette a décroché la toile d'araignée verte de son placard et elle a fait un joli nœud autour du cadeau. Vampirette nous a promis de l'apporter aux Momies de Noël le soir même.

Puis elle nous a téléportés chez moi avant que mes parents ne rentrent de leurs courses.

chapitre 5

Avec l'aide d'Emma et Paul, Vampirette a préparé une boîte à sourires remplie de petites surprises pour un vieux vampire.

C'est parti, les zombies!

En sortant du bazar de mon placard, Paul s'est exclamé:

– Pas mal, l'idée de la boîte à sourires! Vampirette n'a même pas reparlé de sa liste!

Avant de crier victoire, j'attendais des nouvelles de ma copine. Pourvu que les Momies acceptent notre boîte bien affreuse!

Le lendemain soir après dîner, Vampirette nous a rappelés. Quand j'ai allumé la tablette, j'ai vu apparaître sa tête au milieu d'une pile de boîtes posées sur son bureau. Tout excitée, elle s'est écriée :

– Les Momies de Noël ont trouvé notre paquet-cadeau très réussi ! Elles m'ont demandé d'être leur assistante. Vipère, non ? Euh... je veux dire, super !

J'étais tellement fière de ma copine que j'avais envie de la serrer dans mes bras ! Grâce aux Momies de Noël, elle oubliait la liste de ses cadeaux à elle pour en offrir à d'autres !

Soudain, Vampirette s'est affolée :

– Ouh là là, je suis en retard ! Je dois mettre toutes ces boîtes dans ma voiturette pour leur apporter avant que le soleil se lève !

Paul s'est approché de l'écran et, en même temps que moi, il s'est exclamé :

– Viens nous chercher, on va t'aider !

Les portes de mon placard se sont ouvertes d'un coup et Vampirette s'est écrasée au sol.

– On est partis, les zombies ? nous a-t-elle demandé, amusée.

On s'est serrés contre elle dans le bazar du placard pour la téléportation. Les murs ont tremblé, le plafond s'est soulevé et, enveloppés dans sa cape, on est retournés chez elle.

Dans sa voiturette à pédales, on a chargé les belles boîtes qu'elle avait emballées. Elle nous a rhabillés en vampires et elle a sauté au volant en s'exclamant :

– En route pour la tremblote… euh, je veux dire, la roulotte !

Mais quelques minutes plus tard, quand Vampirette a pilé sur la place du marché, nous avons eu une très mauvaise surprise : la roulotte avait disparu ! Les Momies étaient effondrées. Elles nous ont expliqué :

– Ils étaient trois.

– Ils étaient petits.

– Ils ont volé notre roulotte.

Paul et moi, on s'est écriés :

– C'est un coup des triplés !

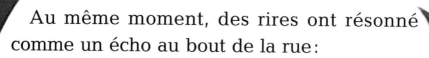

Au même moment, des rires ont résonné comme un écho au bout de la rue :

– Hé, hé, hé !

Nous les avons vus ! Deux des petits monstres tiraient la roulotte et le troisième la poussait. Vampirette a grondé :

– Voler des cadeaux, mille millions de crapauds ! Ratatinons-les… euh, rattrapons-les !

Mimi s'est élancée dans leur direction pour nous indiquer le chemin. Vampirette a mouliné vigoureusement les pédales de sa voiturette et nous avons commencé une folle course-poursuite.

chapitre 6

Les affreux triplés ont volé toute la récolte des Momies de Noël ! Vampirette, Emma et Paul se lancent à leur poursuite…

Le plus beau des cadeaux

Grâce à la vue perçante de Mimi, nous avons retrouvé la roulotte un peu plus loin, accidentée sur le bord d'un chemin de forêt. Les boîtes étaient renversées, mais heureusement pas trop abîmées. Et pas une trace des triplés, qui avaient filé ! Vampirette a pesté :

– Je vais ratatiner ces vermisseaux !

Elle s'est évaporée et nous a laissés seuls, Paul et moi, dans le silence de la forêt.

Alors que j'entrais dans la roulotte pour ranger, les trois petits vampires ont soudain surgi de sous les boîtes comme des diablotins, et ils nous ont sauté dessus ! Au secours ! Sans Vampirette, on était fichus !

Deux des triplés ont fait trébucher Paul.
Le troisième, le plus assoiffé, a sauté sur mes
épaules pour me mordre le cou. Je me suis
secouée pour le faire tomber, mais rien à faire,
il s'accrochait! J'ai continué à bouger pour
l'empêcher de me mordre car, à chacune de
ses tentatives, une mèche de mes cheveux lui
rentrait dans la bouche et le faisait tousser.
Combien de temps allais-je tenir?

Par miracle, la voix de Vampirette a retenti à l'entrée de la roulotte :

– Hep, les minus, je ne vous démange pas ? Je veux dire… je ne vous dérange pas ?

Vampirette était revenue à temps ! Elle a chassé les trois terreurs en les menaçant de les dénoncer, puis on a accroché la roulotte à la voiturette et on a rejoint les Momies de Noël.

Il ne restait qu'une heure pour refaire l'emballage des boîtes abîmées avant de les livrer à la maison de retraite pour le Noël des vieux vampires.

Comme les Momies n'avaient plus de papier-cadeau et que les magasins étaient fermés, Vampirette a utilisé le reste du rouleau de sa liste de cadeaux pour finir les paquets.

Pendant que Paul et moi nous gardions la roulotte, notre copine a accompagné les Momies de Noël à la maison de retraite pour offrir leurs cadeaux aux vieux vampires.

Quand Vampirette et les Momies nous ont rejoints, notre copine a sorti un paquet qu'elle avait caché sous le comptoir de la roulotte.

Juste à côté, au stand des sapins, le vieux vendeur était absent. Alors, Vampirette a déposé le cadeau qu'elle avait gardé pour lui sur sa chaise. Elle avait terminé ses livraisons.

Les Momies de Noël nous ont remerciés, elles nous ont donné rendez-vous l'année prochaine et nous ont souhaité un bon réveillon.

Le réveillon ! Il était temps de rentrer chez nous pour fêter Noël !

De retour dans la chambre de Vampirette, ma copine m'a serrée dans ses bras et m'a soufflé :

– Merci de votre aide, on s'est bien enrhumés, euh… amusés ! Du coup, je n'ai plus de liste pour le Père Noël… Mais la bonne nuit passée avec vous et avec les Momies de Noël, voilà le plus beau des cadeaux !

À ce moment-là, le plafond s'est ouvert sur mille millions de flocons et, dans le tourbillon de cette dernière téléportation de l'année, j'ai entendu la voix de ma copine pour la vie qui résonnait :

– Joyeux Noël, les zombies !

Fin

Les auteurs

Ségolène Valente

a écrit le roman

Quel est votre plus beau souvenir de Noël?

Les jeux qu'organisait ma mère, et les toasts qu'elle préparait pour l'apéro. On les mangeait sur le tapis, assis sur des coussins… Chez moi, Noël était vraiment la fête des enfants!

Que contenait votre liste au Père Noël?

Contrairement à celle de Vampirette, ma liste était assez courte. Ainsi, j'étais sûre de trouver sous le sapin tout ce que j'avais commandé! Et peut-être même des surprises…

Quelle est votre actu?

Vive le CM1 pour Antoine et ses copains! vient de sortir aux éditions Rageot.

Emmanuel Ristord

a créé les dessins

Quel est le cadeau le plus atroce que vous ayez reçu à Noël?

Un petit pot de pâté de ragondin (une sorte de rat)… Heureusement, c'était pour rire!

Où avez-vous trouvé l'inspiration pour illustrer Noël chez les vampires?

Dans de très vieilles photos de la ville de Paris datant de 1850, et aussi dans un petit square à côté de mon atelier où il y a un sapin géant avec la cime un peu tordue!

Une actu?

Un nouveau tome de ma série *Je suis en CE1* sort ce mois-ci, sur le thème de… Noël!

ACTU

Jusqu'au 8 janvier,
J'aime lire, en partenariat avec
la Croix-Rouge française, organise
l'opération «Boîte solidaire».

Un Noël lumineux et solidaire!

Comme Vampirette et ses amis, toi aussi, pense à ceux qui n'ont pas de cadeaux à Noël! Trouve une boîte (à chaussures…) et remplis-la avec les éléments suivants :

Un petit mot, un dessin, un poème…

Un produit d'hygiène ou de soin (savon, shampoing…)

Un vêtement chaud (gant, bonnet, écharpe…)

Un produit alimentaire non périssable (gâteaux secs, chocolats, fruits secs…)

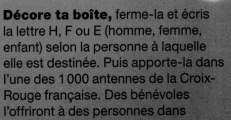

Un loisir (jeu de cartes, livre…)

Décore ta boîte, ferme-la et écris la lettre H, F ou E (homme, femme, enfant) selon la personne à laquelle elle est destinée. Puis apporte-la dans l'une des 1 000 antennes de la Croix-Rouge française. Des bénévoles l'offriront à des personnes dans le besoin, près de chez toi!

Infos sur https://qrco.de/NoelBJ

Texte : Anne-Sophie Chilard. Illustration: Yann Cozic. Photo : Adobe Stock.

51

Bonnemine a trouvé de merveilleuses actus de Noël pour ton...

Bonnemine mag'

cinéma

Princesse Dragon

Poil est une petite fille élevée par un dragon.
Mais elle doit s'enfuir car son père préfère la donner
plutôt que perdre son trésor. Réfugiée dans une forêt,
Poil rencontre Princesse, elle aussi révoltée par l'avarice
de son père, le Roi. Ensemble, elles pourraient bien
changer ce monde… Une belle histoire d'amitié !

De **Tot** et **Jean-Jacques Denis**,
au cinéma **le 15 décembre**.

Textes : Anne-Sophie Chilard, Agathe Guilhem et Elisabeth Tzimakas.

© Gebeka Films.

53

BD

Anatole Latuile

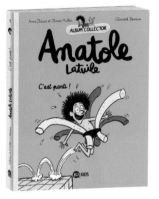

Replonge-toi dans les premiers épisodes

d'Anatole Latuile! Cet album collector rassemble les meilleures aventures du héros de *J'aime lire* depuis 10 ans. Entre chaque chapitre, tu découvriras les personnages de la série comme tu ne les as encore jamais vus. C'est parti pour les bêtises!

Imaginé par **Anne Didier** et **Olivier Muller**, illustré par **Clément Devaux,** éditions BD Kids.

livre-CD

Saute-la-puce

Manuel, José et Augusto

embarquent pour les îles Sandwich. Dans leurs têtes dansent des jambon-beurre… Mais ce sont le travail aux champs et les piqûres de fourmis rouges qui les attendent. Heureusement, les trois compères ont emporté un ukulélé… Cette histoire musicale a été imaginée par le chanteur Thomas Fersen!

Écrit, lu et chanté par **Thomas Fersen,** illustré par **Benoît Debecker,** éditions Margot.

Le calendrier de Noël

Pour patienter et compter les jours avant Noël, fabrique ce joli calendrier de l'Avent en famille, et laisse les lutins le remplir de surprises !

Monte et décore la façade de cette belle maison, puis installe les 24 petites boîtes décorées.

Ce petit livret te raconte tout sur les traditions de Noël à travers le monde !

Conçu par **Eve Noinski**, illustré par **France Boulanger**, éditions L'atelier imaginaire (www.atelierimaginaire.com).

Vos courriers

Merci, mes amis !

BONJOUR Bonnemine et Grisemine
J'ai beaucoup aimé « **OÙ EST PASSÉ RÉGLISSE ?** »
Mon personnage préféré était Karim.
MERCI à Gaëlle Arnaud et à Clotka, au revoir Bonnemine et au revoir Grisemine !

ADOPTEZ-MOI

Jacques, 8 ans, Guéret (23)

Cher Bonnemine,
J'ai adoré « Où est passé Réglisse ? ». J'ai vraiment hâte d'avoir le prochain !

Réglisse

Emie, 8 ans ½, La Chapelle-Basse-Mer (44)

Hugo, 7 ans, Sainte-Croix (02)

Crée ta déco de Noël !

Peins ton sapin.

Ce sapin en bois brut est prêt à peindre.
Tu peux ensuite y fixer tes décorations
ou le transformer en calendrier de l'Avent
grâce à ses 24 crochets !

Par **Buttinette** (http://loisir-creatif-fr.buttinette.com).

Construis la maison du Père Noël.

Le Père Noël emménage dans ton salon !
Amuse-toi à construire cet adorable
chalet en bois et installe le Père Noël
et ses accessoires près du sapin.

Par **Jeujura.**

Crée ta décoration de Noël en Patarev.

Fabrique des boules et une couronne !
Le coffret renferme 5 couleurs de pâte
à modeler, des supports en polystyrène et
des paillettes pour faire briller tes créations !

Par **Sentosphère.**

jeu

La chaussette de l'espace

Comme les humains,
les extraterrestres adorent
les chaussettes colorées !
Construis un alien le plus vite
possible, selon le modèle. Mais
attention, ce n'est pas si simple…

Lance tes dés jusqu'à obtenir
cinq faces « chaussette » pour
récupérer la chaussette.

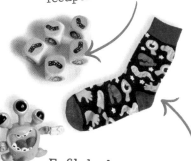

Enfile la chaussette sur
ta main, et commence
à construire ton alien. Dès
qu'un autre joueur te la pique,
tu dois recommencer à tirer…

De **Jean-François Rochas,** éditions Goliath.

Vos courriers

Merci,
mes amis !

Bonjour Grisemine et Bonnemine
j'ai beaucoup aimé "Où
est passé Réglisse ?" Remerciez
très fort Gaëlle Arnaud et Cloka
pour leur histoire et les jolis dessins.
Cette année je vais faire une classe
rousse, comme Ariol.

Olga,
Marseille
(13)

Lina, 10 ans,
Bouchemaine
(49)

Zéliha,
8 ans,
Riorges
(42)

j'adore Anabelle Lartuile
et Ariol. Ils sont trop
marrants !

Arnabelle   Ariol

Camille, 7 ans ½,
Monts (37)

Écris-nous à : J'AIME LIRE
18 rue Barbès,
92128 Montrouge Cedex.
Par courriel :
jaimelire@bayard-presse.com
**N'oublie pas d'indiquer
tes nom, prénom,
âge, adresse. Merci !**

Le Défi FaBRiKAmots

Vos beaux sapins sont assurément les rois des forêts ! (Défi n° 537)

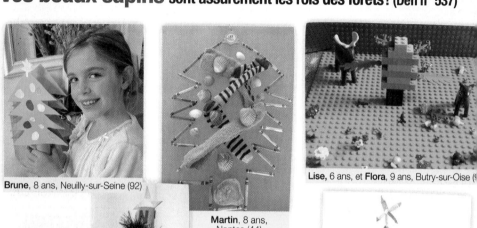

Brune, 8 ans, Neuilly-sur-Seine (92)

Martin, 8 ans, Nantes (44)

Lise, 6 ans, et Flora, 9 ans, Butry-sur-Oise (9

Clément, 9 ans,
Fontenay-le-Fleury (78)

Diane, 7 ans ½, Senlis (60)

Chloé, 10 ans,
Mantauban-de-Bretagne (35)

Lilian, 8 ans,
Saint-Quentin (02)

Miguel, 7 ans, Rantzwiller (68)

Louis, 9 ans,
Rueil-Malmaison (92)

Merlin, 9 ans, Besançon (25)

Lison, 8 ans ½,
Saint-Bardoux (26)

Manon, 8 ans,
Oust-Marest (80)

Marcus, 8 ans,
Corenc (38)

Lyna, 7 ans, Ouches (42)

Lana, 10 ans, Souchez (62)

Les Fabrikamoteurs publiés reçoivent Le petit livre des jeux farfelus offert par Helvetiq

Le prochain défi :
"Tête à croquer"

Compose une tête (de bonhomme ou d'animal) à partir d'une tranche de pain de mie : ajoute des fruits, des légumes, des fruits secs… Envoie-nous la photo de ta création avant le 12 décembre.

Envoie ton défi (sans oublier tes prénom, nom, âge et adresse) à :
J'aime lire, La Fabrikamots,
18 rue Barbès, 92128 Montrouge Cedex
ou par courriel :
jaimelire@bayard-presse.com

Les données personnelles recueillies sont destinées à Bayard-Presse qui édite *J'aime lire*. Elles serviront uniquement à envoyer le cadeau, si tu fais partie des gagnants, et seront ensuite supprimées. Pour toute question sur les données personnelles, tu peux écrire à : jaimelire@bayard-presse.com

Tu trouveras encore plus de défis en téléchargeant **sur bayam.fr**

ACTU
Le 20 décembre, c'est la Journée internationale de la solidarité humaine.

Les écoliers ont du cœur !

L'école Charles de Foucauld, à Paris, a récolté 8 000 euros pour aider des enfants malades du cœur!

Les «écoles du cœur» se lancent des défis pour récolter de l'argent pour Mécénat chirurgie cardiaque. Cette association permet à des enfants qui ne peuvent pas être soignés dans leur pays de venir se faire opérer en France. Les élèves de cette école ont fait un parcours de motricité. Grâce à l'argent récolté, une jeune Ivoirienne de 12 ans a été opérée!

Pour chaque parcours réussi, les parents ont fait un don à l'association!

le chiffre

4 sur 10

C'est la proportion **des 8-11 ans qui ont déjà un compte sur les réseaux sociaux.** Sais-tu qu'ils sont interdits aux moins de 13 ans?

(Source : Infobip, 2021.)

UN VOYAGE EXTRAORDINAIRE ET DES PERSONNAGES INOUBLIABLES

Dès 10 ans

Depuis que son père est parti en Suède, Judy a appris à se débrouiller.
Délaissé par sa mère, William se sent très seul, lui aussi.

Dans la vraie vie, ils n'auraient pu ne jamais se rencontrer. Mais l'auteur en a décidé autrement…

n librairie
e 1er octobre 2021

SEUIL

Anatole Latuile

Cyploc contre Startruc

Zut, pile au moment où le Cyploc allait déboulonner ton robot!

Ah ah, tu crois qu'il se serait laissé démolir?

CRRR...

CLIC!

Allez, à demain!

Et surtout, recharge ses piles pour qu'il soit en forme!

GRRR!

Une heure plus tard.

?

FRCHH!

Princesse, ici!

Oh non!!! Le robot de Jason!

Mais pourquoi tu as fait ça? Le combat, c'était pour de rire!

clic clic clic

clic clic

?

Qu'est-ce qu'on va faire ? Jason va nous en vouloir pendant des années-lumière !

Wouif !

SCHLIP! SCHLIP!

Tu as raison, on va d'abord le nettoyer !

Il le méritait, son bain !

Je vais réparer ses yeux avec la pince à épiler.

C'est déjà mieux... Mais comment le faire remarcher ?

clic !

Et si j'appelais Achille ? Il adore bidouiller les trucs électroniques !

Wouf !

65

Plus tard.

Alors, qu'est-ce qui est arrivé au robot de Jason ? Il est tombé du 42e étage ?

Non, c'est Princesse qui s'est acharnée contre lui.

Et Jason est au courant ?

Ben non, et j'ai peur qu'il le prenne mal...

Du coup, tu m'as fait venir pour savoir s'il était réparable ?

Moui...

Mauvaise nouvelle, les circuits imprimés sont fichus !

Aïe, c'est grave ?

Je crois qu'on ne peut plus rien pour lui...

Et je n'ai même pas les sous pour en racheter un à Jason !

69

Si tu as raté une aventure d'**Anatole Latuile**, retrouve-la en album chez **BD** KIDS

Scénario : Anne Didier et Olivier Muller. Dessins : Clément Devaux.

73

* La laie est la femelle du sanglier.

Peu après.

DiDi, elle a pas voulu nous laisser regarder la télé. On a dû s'occuper de LAHURE tout le temps !

Il faut aider DiDi en ce moment. C'est le début de sa grossesse, elle est barbouillée.

Le bébé dans son ventre, c'est un garçon ou une fille ?

Ah non ! Pas une fille !

On ne sait pas encore. Tout ce qu'on sait, c'est que ce sera un joli mélange marcassin-cochon.

Comment ça s'appelle, un mélange marcassin-cochon ?

Ça s'appelle un enquiquineur !

HAHAHA! Ça s'appelle un bébé, c'est tout !

On est arrivés chez toi, ARIOL !

FiN

Couleurs et lettrage : Rémi Chaurand.

Retrouve **Ariol** en dessins animés et jeux vidéo trop rigolos sur

Les auteurs

Anne Schmauch

Elle écrit car elle aime se glisser dans la peau des personnages. Dans ce roman, elle a imaginé ce que pouvait ressentir un apprenti Père Noël... Conclusion: pas facile de conduire un traîneau!

Jérôme Anfré

Depuis tout petit, il dessine! Il a notamment illustré trois romans pour *Mes premiers J'aime lire*. Les BD « D comme Darwin » (*Images Doc*) et « Les Zinzanimos » (*Astrapi*), c'est lui aussi!

Ce roman est paru dans *Mes premiers J'aime lire* N°136 (décembre 2013)

La mission de Georges Noël

Un roman écrit par **Anne Schmauch** et illustré par **Jérôme Anfré**

Georges se précipite dehors. Son oncle est par terre, au pied du traîneau:
– En chargeant le dernier cadeau, j'ai glissé sur un patin à roulettes mal emballé! Je crois que je me suis foulé la cheville... Comment vais-je livrer les cadeaux si je ne peux pas marcher?

Un peu avant le lever du jour, le traîneau se pose devant la maison du Père Noël.
Georges se précipite à l'intérieur:
– Mission accomplie!
Le Père Noël est un peu inquiet:
– Tu as bien distribué tous les cadeaux?

---

1. Découpe chaque page selon les traits noirs.
Tu obtiens 6 rectangles: les doubles pages du mini *J'aime lire*.

Et le Père Noël ajoute:

– À propos de ton jeu, *Noël Attaque 3*, je l'ai essayé, il est très bien fait! Euh... tu pourras m'aider à terminer ce maudit niveau 5?

Georges sourit:

– Il te plaît, mon jeu? Eh bien, je te l'offre! Joyeux Noël!

Fin

4

25

Georges s'écroule dans le canapé:

– Je n'ai oublié personne! Même sans monstres, c'est plus fatigant que dans *Noël Attaque 3*! Mais c'est bien plus drôle!

Le Père Noël s'approche de son neveu, un cadeau dans les mains.

Georges sursaute:

– Mince, j'ai oublié ce cadeau-là!

Son oncle le rassure:

– Mais non! Celui-là, c'est le tien. Joyeux Noël! Je suis fier de toi.

chapitre **1**

Père Noël de secours

Cette année, Georges Noël passe les vacances chez son oncle, le Père Noël.

Comme il trouve qu'il fait trop froid dehors, il joue toute la journée à *Noël Attaque 3*, son jeu vidéo préféré. Il s'agit de livrer des cadeaux en évitant les monstres qui sortent des cheminées.

Georges est sur le point de gagner le trente-huitième niveau du troisième monde lorsqu'il entend un grand bruit dans la cour.

24

5

---

2. Tu dois maintenant mettre ces pages dans l'ordre. Pose d'abord la double page 4-25 face à toi.

84

Georges propose:
– Je peux te remplacer, si tu veux!
Le Père Noël s'étonne:
– Tu pourrais te charger de la tournée?
Son neveu hausse les épaules:
– Dans *Noël Attaque 3,* je livre des cadeaux et je triomphe de tous les monstres, alors distribuer des cadeaux sans monstres, ce sera facile!

Cette fois, la tournée peut vraiment démarrer. Au début, le traîneau zigzague encore un peu, mais Georges parvient sans problème à le diriger. De maison en maison, le garçon n'oublie pas un seul cadeau! Il descend dans les cheminées plus vite que l'éclair et se fait plus discret qu'une ombre.

22

7

Georges murmure:
– Et si c'étaient vraiment des monstres qui avaient volé les cadeaux, comme dans mon jeu vidéo?
Le garçon prend son courage à deux mains. Il écarte le buisson et tombe nez à nez... avec le sac de cadeaux!

Il explique:
– Voici le plan de la tournée. Pour chaque pays, il y a un papier cadeau de couleur différente et, pour chaque ville, un ruban décoré. Chaque cadeau porte l'adresse du destinataire.
Ensuite, le Père Noël lui tend un petit livre:
– C'est le manuel de secours. En cas d'urgence, il te dira quoi faire.

20

9

 3. Ensuite, recouvre-la avec la double page 6-23, puis continue avec la 8-21, la 10-19, la 12-17 et la 14-15.

85

Le soir venu, le Père Noël boitille* jusqu'au traîneau avec son neveu. Les rennes sont déjà en place, prêts à partir. En les voyant, Georges est un peu déçu:

– Les rennes, c'est obligatoire? Tu n'aurais pas un traîneau à réaction?

Le Père Noël éclate de rire. Puis il lui remet une carte du monde très colorée sur laquelle des flèches sont dessinées dans tous les sens.

* Boitiller : marcher en penchant d'un côté à chaque pas.

8

Georges comprend: ces bruits bizarres viennent des cadeaux eux-mêmes! En tombant, l'un d'entre eux, un petit robot, s'est mis en marche tout seul. Vite, Georges met le bouton sur «arrêt» puis le remballe.

21

10

Georges a retrouvé les rennes, mais il a perdu les cadeaux. Et il entend de drôles de bruits...

chapitre **3**

Cadeaux-surprises

De nouveau, Georges ouvre le manuel de secours. Mais ce qu'il lit ne le rassure pas du tout: « *Cadeaux perdus: c'est la catastrophe absolue! Débrouillez-vous pour les retrouver, et vite!* »

Derrière le buisson, les grognements et les grincements ont repris. À présent, ils sont même accompagnés de lumières qui clignotent.

19

mode d'emploi

4. Plie ce paquet de pages en deux, en suivant les pointillés bleus. Ça y est, l'intérieur de ton mini *J'aime lire* est prêt!

Le Père Noël explique à Georges comment faire la tournée et il lui donne un manuel en cas d'urgence...

chapitre 2

C'est parti!

Après avoir caressé le museau de ses rennes, le Père Noël ordonne:

– Tornade, Danseur, Furie, Fringant, Comète, Cupidon, Tonnerre, Éclair! En avant!

Aussitôt, les rennes s'envolent au triple galop. Georges n'est pas très rassuré. Il gémit:

– Il n'y a pas de ceinture de sécurité?

18

11

Georges se souvient alors du manuel de secours qu'il a rangé dans sa poche. À la lettre « R », il lit:

Georges fronce les sourcils:

– *Vive le vent*, ça commence comment déjà? Je les confonds toujours, toutes ces chansons.

Après avoir sifflé le début de *Douce Nuit, Petit Papa Noël* et *Il est né le divin enfant*, il se souvient enfin de *Vive le vent*.

Alors, pour lui faire plaisir, ils font des zigzags puis toutes sortes de figures dans le ciel.

Et voilà que, pendant un looping*, le sac de cadeaux tombe dans le vide. En se penchant pour le rattraper, Georges tombe à son tour et s'écrabouille au milieu d'un champ.

* Un looping: ce mot anglais désigne une boucle effectuée en l'air.

16

13

 mode d'emploi

5. Glisse l'intérieur dans la couverture du mini *J'aime lire*, passe une ficelle autour des pages et fais un nœud pour tenir l'ensemble.

87

À peine a-t-il sifflé le début de la chanson que les rennes accourent avec le traîneau. Ils sont très contents d'avoir retrouvé Georges. Ils le cherchaient dans le champ d'à côté.

–Mince, où est passé le sac de cadeaux? demande Georges.

Mais les rennes n'en savent rien...

Mais, déjà, Georges aperçoit une première cheminée. Il consulte le plan de la tournée et s'écrie:

–Il faut livrer le premier cadeau!

Georges attrape la bride* et tire dans tous les sens pour essayer de faire tourner le traîneau.

Mais les rennes ne comprennent pas bien les instructions. Ils pensent que Georges a envie de s'amuser un peu.

12

17

Mais il se reprend aussitôt:

–Pas le temps d'avoir peur! Je dois retrouver les rennes, le traîneau et les cadeaux. Commençons par les rennes!

Il voudrait les appeler mais il a oublié leur nom:

–Le grand, devant, quel est son prénom, déjà? Et le petit, derrière? Ah oui! Mobylette! Pomme de terre! crie-t-il.

Aucun renne ne pointe le bout de son nez...

Heureusement, une épaisse couche de neige amortit sa chute: Georges n'est pas blessé. Seulement, en se relevant, le garçon constate qu'il est tout seul. En plus, il fait nuit et il entend des grognements et de drôles de grincements derrière un buisson.

Georges frissonne:

–On dirait des monstres...

14

15

mode d'emploi **6.** Ton mini *J'aime lire* est monté. Bonne lecture!

88